截句詩系
：47：

漫漁截句選集

剪風的聲音

漫漁 著

【總序】
二〇二二，不忘初心

李瑞騰

一些寫詩的人集結成為一個團體，是為「詩社」。「一些」是多少？沒有一個地方有規範；寫詩的人簡稱「詩人」，沒有證照，當然更不是一種職業；集結是一個什麼樣的概念？通常是有人起心動念，時機成熟就發起了，找一些朋友來參加，他們之間或有情誼，也可能理念相近，可以互相切磋詩藝，有時聚會聊天，東家長西家短的，然後他們可能會想辦一份詩刊，作為公共平臺，發表詩或者關於詩的意見，也開放給非社員投稿；看不順眼，或聽不下去，就可能論爭，有單挑，有打群架，總之熱鬧滾滾。

作為一個團體，詩社可能會有組織章程、同仁公約等，但也可能什麼都沒有，很多事說說也就決定了。因此就有人說，這是剛性的，那是柔性的；依我看，詩人的團體，都是柔性的，當然程度是會有所差別的。

「臺灣詩學季刊雜誌社」看起來是「雜誌社」，但其實是「詩社」，一開始辦了一個詩刊《臺灣詩學季刊》（出了四十期），後來多發展出《吹鼓吹詩論壇》，原來的那個季刊就轉型成《臺灣詩學學刊》。我曾說，這一社兩刊的形態，在臺灣是沒有過的；這幾年，又致力於圖書出版，包括同仁詩集、選集、截句系列、詩論叢等，今年又增設「臺灣詩學散文詩叢」。迄今為止總計已出版超過百本了。

根據白靈提供的資料，二〇二二年臺灣詩學季刊雜誌社有八本書出版（另有蘇紹連主編的吹鼓吹詩人叢書二本），包括**截句詩系**、**同仁詩叢**、**臺灣詩學論叢**、**散文詩叢等**，略述如下：

本社推行截句幾年，已往境外擴展，往更年輕的世代扎根，也更日常化、生活化了，今年只有一本漫漁的《剪風的聲音——漫漁截句選集》，我們很難視此為由盛轉衰，從詩社詩刊推動詩運的角度，這很正常，今年新設散文詩叢，顯示詩社推動散文詩的一點成果。

「散文詩」既非詩化散文，也不是散文化的詩，它將散文和詩融裁成體，一般來說，以事為主體，人物動作構成詩意流動，極難界定。這一兩年，臺灣詩學季刊除鼓勵散文詩創作以外，特重解讀、批評和系統理論的建立，如寧靜海和漫漁主編《波特萊爾，你做了什麼？——臺灣詩學散文詩選》、陳政彥《七情七縱——臺灣詩學散文詩解讀》、孟樊《用散文打拍子》三書，謹提供詩壇和學界參考。

「同仁詩叢」有李瑞騰《阿疼說》，選自臉書，作者說他原無意寫詩，但寫著寫著竟寫成了這冊「類詩集」，可以好好討論一下詩的邊界。詩人曾美玲，二〇一九年才出版她的第八本詩集《未來狂想曲》，很快又有了《春天，你爽約嗎》，包含「晨起聽巴哈」等八輯，其中作為書名的「春天，你爽約嗎」一輯，全寫疫情；「點燈」一輯則寫更多的災難。語含悲憫，有普世情懷。

「臺灣詩學論叢」有二本：張皓棠《噪音：夏宇詩歌的媒介想像》、涂書瑋《比較詩學：兩岸戰後新詩的話語形構與美學生產》，為本社所辦第七屆現代詩學研究獎的得獎之作，有理論基礎，有架構及論述能力。新一代的臺灣詩學論者，值得期待。

詩之為藝，語言是關鍵，從里巷歌謠之俚俗與迴環復沓，到講究聲律的「欲使宮羽相變，低昂互節，若前有浮聲，則後須切響」（《宋書・謝靈運傳論》），是詩人的素養和能力；一旦集結成社，團隊的力量就必須出來，至於把力量放在哪裡？怎麼去運作？共識很重要，那正是集體的智慧。

臺灣詩學季刊社將不忘初心，不執著於一端，在應行可行之事務上，全力以赴。

【推薦序】

用詩泡出一小杯禪

——《剪風的聲音——漫漁截句選集》

白靈

詩是漫漁回到童年尋找初心的一種「飛行器」，試圖飛入失火家宅伸手從火光中能魔幻般找回她小六寫的《青果集》，即使它早已煙滅灰飛。詩也是她中年重思一生如兒時硬讀懂《鏡花緣》般的境遇，回憶成為花仙因「呈豔於非時之候」而謫降凡塵，需遍歷美英歐港海外二三十年，逢難遭險，完成諸多世俗劫度後，臨窗執筆，寫下一生所遇所思所想的一點一滴。

像她筆名的諧音「鰻魚」（eel）是李（Lee）姓

的倒裝，她的人生也是倒著過的，童年時的《青果集》和《鏡花緣》就是種在她心靈伊甸園裡光華純樸的兩株樹，自始至終亮在人生之路的開端。而這兩株樹正好是21世紀女力時代女性寫作者可以全力栽植、灌溉、施肥，藉著文字的神奇力量，女性逸想妙思、「詩自慢（自慢＝絕活）」必大大迥異於男性，是一條可大書特書的靈魂大道。

自1950年蓉子（1928~）寫下〈青鳥〉這首詩，1953年出版《青鳥集》此臺灣第一本女性現代詩集時才22歲。詩中她提醒女性：青鳥（幸福）也許綁「在邱比特的箭鏃上」，青鳥也許「伴隨著『瑪門』（錢財）」，卻絕「別忘了，青鳥是有著一對會飛的翅膀啊……」，蓉子說：如何自如自在才是她心中的青鳥。但此後五十多年愛好文學的女性的一生，能不忘自己「有一對會飛的翅膀」的又何其少啊，受盡家累，成了男人背後的女人，到20世紀末，能自年輕即寫詩一生的臺灣女性詩人，可說是屈指可數，少到不可思議。後來經新舊世紀相交後這二十多年來才發現，原來網路的雲端就是科技大神贈送給所有「文學中的女人」的「一對會飛的翅膀」，漫漁和她一樣的女詩人的爆發或「人生的突變」即由此開端和崛起！

即以新世紀初由2001年發表的詩作選出的兩本詩選為例，平媒為主選出的《九十年（2001）詩選》的77位作者中女性的只有11位，男女比7比1，老一代兩位、中生代4位、新人5位，其比例與過去臺灣半世紀來大多數詩選相近，男性為主一面倒現象。但另一本《詩路2001年網路詩選》的54位作者中女性竟佔25位，男性29位，幾乎旗鼓相當，完全扭轉了女詩人自有詩人以來長期的頹勢，此現象在平媒上仍不特別明顯。到了2022年，已時隔21年，漫漁以散文詩〈脫線〉入選的《當代臺灣詩選》（秀實／余境熹主編，香港紙藝軒出版，2022）為例，由於秀余二氏在網路世界相當活躍，強調此選集所選甚多是「具實力卻被人刻意忽略的詩人」，是詩界「重要的碎片」，是因「社交之『貧』」所致，因此當以此書與蕭蕭主編的《新世紀20年詩選（2001-2020）》（九歌，2021）相較比，秀余本所選61人中與蕭蕭本60人重疊的詩人數竟僅14位。而且蕭蕭本60人所選女詩人只有12位，秀余本所選61人中女性多達21位，竟高至三分之一強，兩詩選重疊的女詩人僅兩位，秀余本等於多挖出了少見於平媒的19位女詩人，多數出自網路，且多已是擺脫家累的壯年熟女，漫漁即是其一，「電波的自由之翅」賜予女性重返人間，可以毫無顧忌地進入文學的入口。

來到21世紀，女力時代來臨，於是漫漁來不及長胖的「青果」，行到中年終於有機會逐漸圓融成熟，藉著網路／智慧型手機／臉書／IG／Podcast／NFT（元宇宙）這些行動裝置和科技的「無形翅膀」，無需被審核／批准或經過「男人的手」才能刊登，而可非常自由也讓自己的詩和想法和影音遨遊飛翔地四處PO出、遊走人間、試探平媒、和雲端，網友／臉友／詩友，漫漁悠遊其間，身兼多職，腳跨數領域，成了名副其實的「斜槓人」，這恐是蓉子敻虹羅英朵思等前輩女詩人當年遠遠難以預測和想像得到的。

當然，任何時代的女性對愛情的期待和婚姻幸福的嚮往均屬人情之常，漫漁用了極簡潔的「截句」（4行以下）形式表達了初遇愛戀的痴傻和想像，比如下列二首，以如此簡短形式描寫愛情，這在過去幾乎很難看到：

1.〈盲婚〉
從蛹室到天空
不懂愛情的她
只管向有顏色的地方飛

嫁給了第一株看見的樹

2.〈想念〉
我在這裡伸手　捏了一下天空。

你在那裡仰望　是否
也看見一點亮白的

小小的疼

〈盲婚〉說的是破殼而出的青春面對愛情產生的所謂「情感銘印」，一如動物行為學的「銘印現象」（imprinting），如初生張眼的鳥禽認定最初遭遇的第一個對象為母親，隨即認定彼此關係而生依附感，「只管向有顏色的地方飛／嫁給了第一株看見的樹」，有種不管三七二十一，初遇異性即投射我們的親密感需求，盲目投靠，此後反悔的機率即大增。〈想念〉寫的多半是對愛意突中途終止、未能完成老是念念難忘的人事物，心理學上稱此種現象為「契可尼效應」（Zeigarnik Effect）。此詩意象突出，「捏了一下天空」既是想像也是期盼，不說你看見我所作的動作了嗎？而說當你也看了一下天空時，「是否也看見一點亮白的／小小的疼」，意思你也心有靈犀一點通了嗎？此二首以如此簡白平易的字詞就傳達了初遇的誤釋和想念的殷切，這在過去幾代的女詩人的情詩中並未見過。

3.〈文法〉

我們的結合，像一組有語病的

偏義複詞

而我總是被略去的那個字。

4.〈擁擠的空虛〉

舞臺大的驚人

她　有個故事要說

卻找不到

一片空白

漫漁對女性在父權主宰的社會體制下有很多話要說，此二首即是。〈文法〉隱喻難以變動的社會規制中你我的結合是有「語病」的文法規則所定義的，一如「偏義複詞」，此詞指兩個意義相關或相反的語素組合成一個詞，其中一個語素較具意義，另一個語素只是陪襯，相反的語素組合比如「不知其淺深」只取「深」忽略「淺」，「背地裡褒貶別人古恨」即重「貶」忽視「褒」，「幾千般，只應離合是悲歡」則「離」重「合」輕、「悲」先「歡」後。而相關的語素組合如「先國家之急而後私仇」即「國」重於「家」。因此「我總是被略去的那個字」是不公平的，如上舉「淺深」「褒貶」「悲歡」「離合」「國家」中那個只當陪襯的詞，而這不是我想要的「結合」方式。像〈擁擠的空虛〉一詩所控訴，這社會「舞臺大的驚人」，有故事要說的女人「卻找不到／一片空白」可擠進去，讓女性有強烈的「空虛」感。

現代的社會的兩性觀念在民主自由的普世化後很多也有了改觀，女男平等觀比半世紀前上兩代女詩人已進步許多，但漫漁卻是悲觀的，她強烈地認定男人幾乎沒什麼「進步」，只有女性不斷向前「划行」，且越來越有自信。比如下列三首所描摹的：

5.〈三代女子的宿命〉

她的母親教她要閉上眼睛

我的母親教我要睜一隻閉一隻眼

妳的母親教妳要擦亮雙眼

男人，從頭到尾沒移動過

6.〈女男關係〉

每一滴眼淚都以為自己可以

滴穿頑固的鐵

斑駁的鏽痕　不斷提醒

那些失落的夜晚

7.〈戲〉

腳本寫好了

才發現我們站在

不同的舞臺

我在。你不在

〈三代女子的宿命〉強烈地批判了男人歷經數十年仍多處於「男性沙文主義」（male chauvinism）的心態，男性在社會體制中極端誇張自我的重要性、忽視女性存在價值的觀念或作風令她失望。上上一代可以閉雙眼忍受，上一代可假裝接受，勉強迎合，這一代女性地位高速提昇，經濟獨立自由，女男本應平等，但「男人，從頭到尾沒移動過」，不甘心平白損失優位，這是男性的墮怠和不求進步。〈女男關係〉即以個人生活實際體驗，痛罵男人是「頑固的鐵」難以「滴穿」，只能面對「斑駁的鏽痕」獨自傷心。而〈戲〉是戲劇性的轉變，相較前舉〈擁擠的空虛〉只是「有個故事要說／卻找不到／一片空白」，如今一朝「腳本寫好了」，自信心來了，「才發現我們站在／不同的舞臺」，只好你唱你的我演我的戲，根本難有交流或交匯。

因此女性也慢慢認清，倚靠是不可靠的，能倚靠的最後都「漸漸睡成一根木頭」，只能想辦法讓「自己透明」，才能回頭假裝窗外有自己的「風景」（〈婦人〉），末了不得不自求解脫：

8.〈振作〉
戒糖之後
什麼都有點苦味了

戒了你之後
我才　甜起來

似乎這是女性要找到蓉子所說「青鳥是有著一對會飛的翅膀啊……」的必經之路，所有的翅膀都只能自己飛，沒有某種程度的大徹大悟，比如「戒了你」就始終無法勇敢的自我振翅，帶著自己的「腳本」，自導自演，進入自我實現的生命狀態，才有機會一面飛一面「甜起來」。

本文最前面說到漫漁兒時硬想讀懂父親書架上的《鏡花緣》，此書對她的後來的「三情三觀」及本詩集的寫作一定大有影響。此書可說自古以來第一本提倡「女力」的小說，作者李汝珍（1763～1830）等於預見了一二百年後「女力」終將爆發，「女力時代」終將來臨的一日。書中女角唐小山膽量極大，識見過人，不但喜文，並且好武，時常舞槍耍棒，父母也禁他不住，第七回中說有一日她問其叔唐敏說當今武太后稱帝（如今日的女總統），是否科舉考試也不同了，是否應該「男有男科，女有女科了。不知我們女科幾年一考？求叔叔說明，姪女也好用功，早作準備」，唐敏回道：「只曉得醫書有個『女科』；若講考試，有甚女科，我卻不知。如今雖是太后為帝，朝中並無女臣。」唐小山說：「因想當今既是女皇帝，自然該有女秀才、女丞相，以做女君輔弼」，如此「我又何必讀書，跟著母親，嬸嬸學習針黹，豈不是好？」遂收書去學針黹，才學了幾回，「只覺毫無意味，不如吟詩作賦有趣，於是仍舊讀書」。這是《鏡花緣》中作者有關「提倡女權」的描寫，於是胡適才說李汝珍看見了幾千年來都被忽略了的婦女問題，「他是中國最早提出這個問題的人，他的《鏡花緣》是一部討論婦女問題的小說。」且說此書在中國女權史上必佔有「一個很光榮的位置」。作者不只反對纏足，還反對女性偏重外在美，並提倡女子教育、主張女子參政、關心婦女之社會福利，且反對雙重貞操標準（等於性解放），這遠在二百年前簡值是超級無敵進步的女權思想。

文字創作本於興趣，漫漁重拾《青果集》，再續《鏡花緣》，截句成了她最便利的「心之翅」，她說除了睡覺和工作，「剩下的時間」都在「苦思如何/跟自己過不去」（〈廢〉），本想如〈暮之花〉「安心地凋去」，但「瞥了將沉的太陽一眼／才發現自己從來沒有／燦爛過」，還發現自己成了〈國家機器〉中忙碌鑽營的「小螺絲」，「釘子任錘子敲打，從不過問/自己造的是棺木，還是十字架？」更發現這社會不過是「一座座玻璃牧場」，「男人領帶的那端」

「不斷嚼著名利的飼料」，成了「訓練有素的豬」，另一端也傳來不停被「屠宰的哀嚎」（〈養殖〉）。〈最終審判〉組詩中她說她已看清「空瓶　插不進任何一朵玫瑰／裡面盡是　凋謝了的／曾經被命名為愛的」（二），因此奉勸世人「別太入戲／我們只是臨時演員／唯一的那句臺詞／還是被剪掉了」（五）。「空」的思想開始進入她的詩中，因為我們總落入別人建構的龐大「共犯結構」系統中而不自知。講真話成了禁忌，即使在民主國家亦然，太清醒的人總不見容於世，但詩人不能被封口，僅能以詩來抵抗，如下列三首：

9.〈封殺〉

活著的人不准說話
他們的聲音太刺耳

會讓那些要死不活的
想起自己的要死不活

10.〈心證〉
魚眼中塞滿了
海

於是，缸裡缸外
都是自由的

11.〈功夫〉
一盅封存的山嵐
一把曾經火了又水的紫泥
一個拉得很長　很慢　的午後
泡出一小杯　再一小杯　禪

〈封殺〉現象不只在極權國家，世間凡是見不得人的都易被扭曲、偽造，最後成為真假難分的羅生門。知道真相「會讓那些要死不活的/想起自己的要死不活」，小老百姓的窮酸度日普世皆是，每個社會總都有大神的黑手操弄著一切。詩人或能明白這些，但又無法改變，只能在有限的空間自求〈心證〉，擴大想像，「缸裡缸外」自尋如海之自由之感。而就像泡一杯〈功夫〉茶所需的靜心過程，再紛擾的空間皆可於時間拉長拉慢時灰落塵止，獲得澄淨。

漫漁說的是回到自身的重要，再狂亂的世間眾人深陷，或你的出現擰亂了一切，或是多人或是兩人「共業」所致，但我可靠自身的修行或轉念建構「別業」，另闢出路或出口，離開原有的路徑，走出不一樣的路來，上舉泡一杯〈功夫〉茶即是一例。又比如：

12.〈剪風的聲音〉
你不記得你了。

卻留下線索
讓我想起自己

13.〈現代杞人〉

隨手撥去掉落的天空

漫步輕跨分裂的地面

走過一面鏡子，停駐許久

仔細扶正歪斜的眉

風走了，可剪下它留的線索，回頭尋覓未遇風前之我，兩相較比，自有新觀己之道。天崩地裂或不能免，但「扶正歪斜的眉」總可為，不避也難避的「共業」且隨之起伏一陣，自身可為的「別業」何妨另闢蹊徑，不停地在沉靜中用乾淨俐落的文字自我修復，用詩泡出一小杯禪來。

漫漁透過「唧唧」、「瀟瀟」、「颯颯」、「潺潺」、「簌簌」、「啾啾」等不同級別的風聲水聲蟲聲掃過婚姻和愛情、人生歲月、國家社會、禪意哲思、灰厭世界和宇宙環境，將其一生所遇所思所感所悟，以平易可親的文字、突出新穎的意象，做了「環場一生」似的演出，且皆以截句形式為之，表現可圈句點，為此一小詩形式作了難度極高技藝出眾的展現，一如童年時種在她心靈伊甸園裡的那兩株樹，《青果集》和《鏡花緣》，那般地光華純樸、閃閃熠熠。經此磨練，以此發端，再難行的道路和天險也易攻克，未來更驚人的展演必然極可期盼，我們且拭目以待。

【推薦短語】

紅紅／致一隻我鍾愛的飛魚

漁吐出泡泡，在城市日夜的洄游裡換氣。漫天塑膠的話語，令海水過暖。

她爬上岸轉搭文字的列車。有時過站——游得太奮力，胸鰭長出了翅翼。她學會飛翔，用來躲避現實的鬼頭刀。泅游於海天之間，不完全歸屬是她的流浪方式。

戴起眼鏡，不眨眼的心以詩截取靈光，裁剪海洋與陸地之間，達悟的證語。

（紅紅，目前為《火寺Ra Poetry》主編，野薑花及臺客詩社成員。曾獲2021金車現代詩獎，2022星雲詩獎以及葉紅詩獎。）

無花

側寫生活禪、冷眼描摹兩性關係，詩人運用獨特語境，表演一場無法辨別真偽的近距離魔術。在行數的侷限下，突破截句詩的格局。

愛情是一面牆，是鏡子中種壞的玫瑰，是刀口下學不會閉嘴的鸚鵡。以詩佈陣，誘導讀者踢到刻意擺放的石頭。痛，即是詩的核心價值所在。

一幕幕再熟悉不過的場景在她筆下粉墨登場。抓出她詩中的知性，以及顯隱在知性後方的幽靈吧！

「魚眼中塞滿了／海」。讓讀者依隨詩人筆下那滴水流往大海，同時洗滌心靈的髒。

（無花，柔佛人，七字輩，遊居於新山與星洲。身分在魔術師／老千／人肉販子之間切換。詩作散見於馬新各大報刊，著有詩集《背光》。）

目錄

【總序】二〇二二，不忘初心／李瑞騰 003
【推薦序】用詩泡出一小杯禪——《剪風的聲音——漫漁截句選集》／白靈 007
【推薦短語】／紅紅、無花 025

輯一 唧唧

盲婚 034
垂愛 035
水做的 036
女男關係 037
想念 038
ON 039
三代女子的宿命 040
中廣 041
偕老 042
過失 043
冰箱 044
婚姻 045
愛情墳墓 046
文法 047
婦人 048

地下情 049
破鏡重圓 050
證書 051
金昏 052
變色伊甸 053
結束 054
分 055
予求 056
振作 057
有些事是不變的 058

輯二 瀟瀟

剪風的聲音 060
髮事 061
廢 062
日常的必需 063
戒 064
如何謀殺一個現代人 065
暮之花 066
才盡 067
無解 068
戲 069

無厭 070
人生 071
離情 072
本分 073
超級英雄的內心獨白 074
流逝 075
放下 076

輯三 颯颯

國家機器 078
民意 079
假象 080
養殖 081
階級 082
論者 083
智慧 084
治 085
倒置 086
反白 087
板擦 088
軀圓 089
寫詩的人 090

換季 091
封殺 092
手機 093
願意仰頭的話還是看得見光 094

輯四 潺潺

晨起 096
心證 097
虛度 098
拿捏 099
科學 100
轉世 101
線索 102
無遠 103
推卸 104
價值 105
本質 106
始末 107
相對 108
定義 109
化 110
功夫 111

茶，不知道 112
參 113
學禪 114
蛋說 115
岸的獨白 116
乾燥花瓣 117

輯五 欸欸

迷路 120
解謎 121
倒帶 122
所謂自由 123
分裂 124
失衡 125
無痕 126
視覺 127
我是活著的？ 128
疲 129
所謂孤獨 130
溝通 131
Greetings 133
裝蒜 134

擁擠的空虛 135
騷人之傷 136
鏡之三則 137
人間失格 140
最終審判 141

輯六 啾啾

請剪下一方藍天送給黑暗中的我 150
紙鳶 151
後泥盆紀 152
幸福的盡頭 153
遮 154
一棵樹的志願 155
染色體的詭弔 156
縱 157
決心 158
共犯 159
倖存者 160
現代杞人 161
迴向 162
獸 163

【後記】 165

輯一

唧唧

盲婚

從蛹室到天空
不懂愛情的她
只管向有顏色的地方飛

嫁給了第一株看見的樹

垂愛

把自己種成一棵垂柳

在深淵的邊際等待，必要時
一把拉起，你浮沉的靈魂

水做的

女人在體內鑿井
讓愛情泉湧

男人在井底打撈
淘出許多淚

女男關係

每一滴眼淚都以為自己可以
滴穿頑固的鐵

斑駁的鏽痕　不斷提醒
那些失落的夜晚

想念

我在這裡伸手　捏了一下天空。

你在那裡仰望　是否

也看見一點亮白的

小小的疼

ON

我爬上你內心的第二層
整個車廂只有一個人

多個人　比較不好嗎？
沒有回應　你　OFF很久了

三代女子的宿命

她的母親教她要閉上眼睛
我的母親教我要睜一隻閉一隻眼
妳的母親教妳要擦亮雙眼

男人，從頭到尾沒移動過

中廣

多年以後。

他和她　在彼此身上看到
生命的厚度

偕老

等海，都爛了
等石，都枯了

你和我開始變成
兩面互照的鏡子

過失

他把愛情種壞之後……

玫瑰　就不再玫瑰了

冰箱

誰說我不往心裡去？

硬塞了好多　好多　好多
霜了又化　化了又霜

那道門，你是故意沒關緊

婚姻

把彼此的秘密拿來
砌牆

我們的堡壘就這樣
固執起來

愛情墳墓

自己的坑挖得夠深
用半輩子的時間
把廢土一點點藏起來

為對方彌補破洞

文法

我們的結合，像一組有語病的
偏義複詞

而我總是被略去的那個字。

婦人

身旁的，漸漸睡成一根木頭

緩緩將自己透明
才能假裝　窗外有
屬於她的風景

地下情

他總在沒有太陽的地方畫她

才好描出他們的故事

破鏡重圓

你說過的話都讓橡皮擦掉了
重新開始的那張白紙　其實

有點髒

證書

把我倆的名字綑在一張紙裡然後
在火裡水裡鋼絲上刀口下過一遍

讀音蒼黃，筆畫歪斜
意義　離開很遠了

金昏

他的故事
終於悶死了旁邊的枕頭

廳裡那隻鸚鵡　還沒學會
閉嘴

變色伊甸

她離去時　他的第七根肋骨
隱隱作痛　彷彿
說腹語的蛇　滑過

腐爛的禁果

結束

關掉電源
因為影子洩漏太多

卻沒有防備
孤獨的偷襲

分

鏡子外

她擦拭兩扇漏雨的窗

鏡子裡

他的玫瑰枯萎了

予求

那口井，他汲走了
最後的一滴。

多年後，他越過山頭時
想起了井底的　渴

振作

戒糖之後
什麼都有點苦味了

戒了你之後
我才　甜起來

有些事是不變的

她和他，終於逃出

言語的禁錮

卻開始懷念起

彼此的口臭

輯二

瀟瀟

剪風的聲音

你不記得你了。

卻留下線索
讓我想起自己

髮事

每一次你離去　我告訴自己
重生　會來臨的

黑靈魂在地板畫出歲月符咒
眼見　卻不為淨

廢

三分之一的時間睡覺
三分之一的時間工作

剩下的時間　苦思如何
跟自己過不去

日常的必需

沒有雨的城市就像沒有節奏的詩

傘　認命地扮演配角

遮住不願想起的部分

或是被遺忘

戒

每年這時候他感到那種癢
舊的疤尚未退去而新的
傷痕在皮膚寫了一遍又一遍

「這是最後一次……」

如何謀殺一個現代人

吃飯打電動走路打電動廁所打電動
讀書打電動工作打電動做愛打電動
生孩子吵架離婚生病　打電動打電動

臨終前他才發現　死亡不是虛擬的

暮之花

覺得綻開過了，便安心地凋去

瞥了將沉的太陽一眼
才發現自己從來沒有
燦爛過

才盡

他把夜晚一張一張
揉掉，拋棄

到現在還沒能排列出
供人仰望的星系

無解

他們都打開了傘。

為什麼
只有你的天空在下雨

戲

腳本寫好了
才發現我們站在
不同的舞臺

我在。你不在

無厭

海洋把自己都傾盡了

。

她要的，只是一雙人類的腳

人生

請不要翻頁……

。

我還沒有準備好！

離情

單飛的時候

他突然開始想念

那條繩子

本分

春天，謝了

一朵花

花與花之間，泥土等待

平庸地

超級英雄的內心獨白

這些自稱人類的傢伙
比病毒更毒還有臉抱著地球哭

幹！口罩都被搶完了
要怎麼出門拯救世界

流逝

來到光陰的店
發現自己的籌碼

兌換完畢

放下

影子從箱中一件件拿出來
暖一壺過往
跟舊的自己整晚對飲

離去時　讓一個句點隨黑夜遁沒

輯三

颯颯

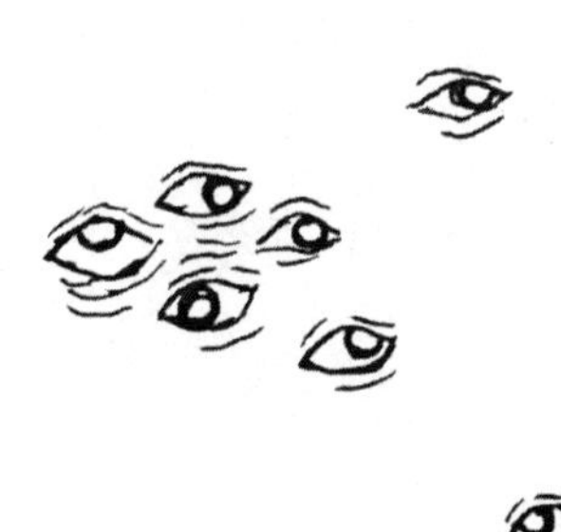

國家機器

齒輪開始轉動

小螺絲們戴上帽子，忙碌鑽營

釘子任錘子敲打，從不過問

自己造的是棺木，還是十字架？

民意

他們的耳朵嗜甜　眼睛嗜血

他以舌尖吐蜜　手刃逆向的風

扔進籠中　餵飽一群

自以為是狼的　羊

假象

脖子被治好之後，他才發現
每一個天秤都是
傾斜一邊

養殖

都會裡高聳一座座玻璃牧場
領帶的那端　傳來屠宰的哀嚎
這端　一排大口嚼著名利的飼料

都是訓練有素的豬

階級

有的土燒成了青瓷花瓶
高高地，忘了自己也曾是

一撮爛黃

論者

把所有的說法各剪一塊
拼成一張燦爛的百納被

被子底下，一個大洞
風兒呼呼而過

智慧

天開，落下了虹梯
祢說只要把海分開就能到彼岸

而此岸的我們　還在冰雪中努力
融化自己的愚鈍

治

一個城池的頭

痛

只有腳知道

倒置

根部缺水

而你仔細地擦拭
葉片上的灰塵

反白

摘下眼睛　扔在街頭

把黑翻過來
是比黑更深沉的

淵藪

板擦

儘管抹黑原本純潔的宣言吧
身上的塵是良知剝裂的記號

心虛地落下

軀圓

包起一顆詩人的心

鹹的，浸透

一個時代的

痛

寫詩的人

他把每一個字
輕輕地舉起

又　重重地
放下

換季

「秋了。」
小舟告訴潮水

不要再晃盪
屬於上一個季節的不平靜

封殺

活著的人不准說話
他們的聲音太刺耳

會讓那些要死不活的
想起自己的要死不活

手機

咬了一口的蘋果
在伊甸園之外
找到屬於自己的
雲端

願意仰頭的話還是看得見光

太陽和月亮很公平
誰都可以在底下過日子

有些地方，非得下場雨
才有彩虹

輯四

潺潺

晨起

扣上最後一粒釦子
才想起

沒把心放進去

心證

魚眼中塞滿了
海

於是，缸裡缸外
都是自由的

虛度

葉子一直在等明天來的風

但今天
已經落下了

拿捏

花　在一夜之間謝掉

沒有人知道是因為
水太多　還是
太少

科學

浮，與

沉，不過是

靈魂的比重問題

轉世

把時光睡成一片海

夢裡又夢見自己
上鉤

線索

我一路循著麵包的碎屑

來到你的門前

看到我自己

坐在那裡烤麵包

無遠

離自我最遠的時候

一摸，就摸到

佛界

推卸

自己的風景不再

卻質問　山

為何移動

價值

在舊貨攤上

他擺了一塊石頭

他說，家傳的固執

也是寶

本質

偶然飄過的一片雲　不知道自己是
天空映著海的心事
還是海映著天空的夢想

唯一確定的是　風存在

始末

你來，攪動

一池

究竟是由清而濁

還是　由濁而清

相對

茶，熱了又涼

人，醒了又睡

天，開了又關

都是一炷香的時間

定義

沒有人規定
要從左游到右
魚缸裡的天地
是自由的

化

鑿穿一顆石頭的
是另一顆石頭的
眼淚

功夫

一盅封存的山嵐

一把曾經火了又水的紫泥

一個拉得很長　很慢　的午後

泡出一小杯　再一小杯　禪

茶，不知道

花不知道自己的盛殘，只隨季節開謝
天不知道自己的高低，只管晴雨陰天
水不知道自己的清濁，只懂順勢而流
茶不知道自己的苦甘，靜中自在觀照

參

日升，日又落

風吹，風又止

人來，人又歸去

那棵樹一直不在那裡

學禪

他在井邊打水
指縫間流出

一個個念頭

蛋說

把混沌藏於自身

每一次的破殼，是為了

孵出

另一個剔透的自己

岸的獨白

我是起點，你的背影是我眼中
唯一的風景

我也是終點，也許你尚未準備好
而我已　釋懷

乾燥花瓣

把地球倒掛
讓風穿過自己

顏色和香味都暗下來
一種 make believe 的永恆

輯五

簌簌

迷路

命運不停啄食灑在身後的麵包屑

解謎

生命走過我

停步，轉身

給了一個說不上來的

表情

倒帶

時間是一隻癡肥的獸

擁有全宇宙

卻不肯施捨

一回重播

所謂自由

陰天的陽光
為什麼還是覺得刺眼

我把籠子留在身後　只帶走
它的影子

分裂

夢裡的他死掉了

醒來後的　他

只好單獨面對世界

失衡

找不回黑夜
太陽　開始恐懼那

拒絕褪色的榮耀

無痕

現實是沉重的色塊
夢境是無色的現實

一隻貓輕輕繞過了我們
在局外留下了爪印

視覺

月亮從來沒有缺過

陰影，只存在
你我眼中

我是活著的？

沒有什麼是比擁抱一片雲
更真實的感覺了

爬上高處躍向雲端，無視於
滿地的烈焰

疲

我不知道如何把已經冷硬的線條
再度柔軟

而你仍然堅持那是
一顆心的輪廓

所謂孤獨

用盡了肺活量
對著山谷大聲唱

反折回來，連一聲譏諷的
笑，都沒有

溝通

（一）

叩叩叩，你在
殼裡面嗎？

就算畫上了一張嘴巴
那還是堵牆

（二）

江湖很鹹
渾身已是沙

可你還是不願意
吐出一顆珍珠

Greetings

嘿，隔壁的窗戶
可以捐點雨嗎？

你回答了　用一片浪花
滿是破洞

裝蒜

三月的水仙被診斷自閉
花語蒼白而刺鼻
只聽見不斷重複

蒜了，蒜了

擁擠的空虛

舞臺大的驚人

她　有個故事要說
卻找不到
一片空白

騷人之偈

你踩住我的影子

販賣我的名字

燒焦我的靈魂

求你把我的右耳也割下吧！

鏡之三則

自囚

鏡前的我　掏出
一把鑰匙
鏡中的你　早已換了
籠子的鎖

自明

貓照鏡時，望到
魚的恐懼

自討

「張開嘴。」鏡子前的我說

鏡子裡面，你無言地吞下

我的悲傷

人間失格

額頭的記號　數清楚了？
多選題永遠答錯

愚笨　輪迴之後是
無可救藥的愚笨

註：詩題與太宰治作品《人間失格》同名，但此詩與
該文學作品內容無關。

最終審判

（一）

機器嚴重傾斜

壓壞的　豈止是一根

被洗腦的螺絲釘

（二）

空瓶　插不進任何一朵玫瑰

裡面盡是　凋謝了的
曾經被命名為愛的

（三）

沒有雨的眼眶

像一首乾掉的詩

（四）

一片青苔，形而上的

從來就無法怪罪誰讓自己失根

因為生來就不具有

（五）

別太入戲

我們只是臨時演員

唯一的那句臺詞

還是被剪掉了

（六）

在下第一場雪之前

離開　就永遠看不到
世界的蒼白

（七）

靠光很近的時候

內心漆黑一片

灼傷的印記　提醒自己回頭

還來得及？

（八）

請保管好這一雙翅膀

天空再打開時，也許
我們都能找到自己的
雲端

輯六

啾啾

請剪下一方藍天送給黑暗中的我

我的天空無需大，但要夠藍
還有真正的四季變化
該熱該冷該下雨的時候
剛巧有鳥飛過，多好

紙鳶

被切割的城市天幕裡，你守住了哪一塊？

後泥盆紀

魚群找到了岸　又
離開了岸

至於眼淚如何凝成珍珠
只有不回頭的天空知道。

幸福的盡頭

最後一次，季節這般溫柔

折翼青鳥　躺在
被遺棄的小徑　之上
曾經被稱為天空

遮

數據不停長大　流瀉的
眼神透過雲端　譏笑著

害羞的我們　偷偷摘下
一片樹葉

一棵樹的志願

擁有一種蒼翠　永不褪色

擁有一種寧靜　風吹不動

擁有一種力量　可以在宇宙中

拉拔地球

染色體的詭弔

籠子的裡邊和外邊

都有靈魂

為什麼拿著鑰匙的

是他，而不是牠

縱

他脫下防火手套

拿起一杯加冰的威士忌

邊飲，邊看

一顆行星如何自燃

決心

為了找到那顆珍珠
他喝了整個海洋

共犯

夢中　誰殺死了海洋
佈滿珊瑚乾屍的幽谷
留下腥黑足印

醒來　他以懺悔的淚洗淨雙腳

倖存者

世界末日來臨時
被鳥屎淋頭
是一件幸福的事

現代杞人

隨手撥去掉落的天空
漫步輕跨分裂的地面
走過一面鏡子，停駐許久

仔細扶正歪斜的眉

迴向

一滴水要歸去大海了

它沒帶走
這世界的髒

獸

吃掉一個又一個城市以後
腳印終於來到世界邊緣

沉默地　犄角在牆面刻下
地球最後一組密碼

【後記】

2017年6月我剛開始於臉書第一次投稿新詩，就是在Facebook詩論壇。那時這個平臺上只有截句投稿，覺得四行以內挺容易的，於是貼了第一首截句，然後又貼了一首，再一首，再一首……。2018年底，在白靈老師和秀威出版的《魚跳：2018年臉書截句選300首》，我發現自己的截句被選入了11首，雖然不是自己一個人的詩集，也算是新詩出版的「處女秀」吧，興奮了好久。

之後，我又參加了臺灣詩學在Facebook詩論壇舉辦的各種主題截句競寫——電影截句、春之截句、禪之截句、茶的截句……，一面在臉書和詩友交流、雅和彼此的截句，一面也開始創作中長分行詩和散文詩，投稿各個詩刊和報紙副刊，加入野薑花詩社和臺灣詩學，在臉書當版主辦活動寫評語。再後來，較有自信了，開始參加新詩文學獎競賽，並有幸於2021年和詩人寧靜海合編臺灣詩學叢書《斷章的另一種可能——截句雅和詩選》。到今天，在詩的領域耕耘了五年多，我可不可以稱呼自己是一位詩人了呢？其實我比較喜歡說「寫作人」，名稱頭銜不重要，重要的是，人到中年，有了生活的沉澱和省思，能夠找到一個出口，以文學做為下半生的人生修行道路，還受到各種指點和照顧，找到志同道合的族群，大概是我上輩子有燒香吧！

《剪風的聲音》這本截句選集，集結了114首我曾經發表過或獲獎的截句，也是對吹鼓吹詩論壇的致敬，我還真是臉書眾詩社孕育出來的小孩。選集共分六輯，主題按順序分別是「唧唧：婚姻和愛情」、「瀟瀟：人生歲月」、「颯颯：國家和社會」、「潺潺：禪意和哲思」、「簌簌：灰暗面和厭世感」、

「啾啾：環境和宇宙」。

截句是我文學創作生涯的起點，希望自己永遠看不到終點。

語言文學類　PG2839　截句詩系47

剪風的聲音
——漫漁截句選集

作　　者 / 漫　漁
插　　畫 / Christie Lee Melville
責任編輯 / 石書豪
圖文排版 / 黃莉珊
封面設計 / 陳香穎

發 行 人 / 宋政坤
法律顧問 / 毛國樑　律師
出版發行 / 秀威資訊科技股份有限公司
114台北市內湖區瑞光路76巷65號1樓
電話：+886-2-2796-3638　傳真：+886-2-2796-1377
http://www.showwe.com.tw
劃撥帳號 / 19563868　戶名：秀威資訊科技股份有限公司
讀者服務信箱：service@showwe.com.tw
展售門市 / 國家書店（松江門市）
104台北市中山區松江路209號1樓
電話：+886-2-2518-0207　傳真：+886-2-2518-0778
網路訂購 / 秀威網路書店：https://store.showwe.tw
國家網路書店：https://www.govbooks.com.tw

2022年12月　BOD一版
定價：270元

讀者回函卡

國家圖書館出版品預行編目

剪風的聲音——漫漁截句選集 / 漫漁作. -- 一版. -- 臺北市 : 秀威資訊科技股份有限公司, 2022.12

面； 公分. -- (語言文學類 ; PG2839)(截句詩系 ; 47)

BOD版

ISBN 978-626-7187-23-4 (平裝)

863.51 111016713